파도 소리에 귀를 걸고

파도 소리에 귀를 걸고

엄혜숙 시집

詩는 언어를 조탁彫琢하여

깊고 깊은 심연의 바닥을 탐닉하는 예술이다.

화가가 색으로 의미를 만들 듯

시詩는 맑은 언어를 길어

그림으로 이미지화하는 사유의 여정이다

천의무봉天衣無縫의 매끄러운 글쓰기를 위하여

끝가지 달려갈 것이다.

여러 해 동안 묵혀 둔 고뇌와 일상의 부끄러운 그림들,

제2집을 묶어 세상에 내보낸다.

엄혜숙

차 례

● 시인의 말

제1부

제1부

마음 창가에서

"새 소리 참 좋다"
친구의 환하게 갠 마음이
전송되어 온다
직송된 새의 여린 날개에 매단
평온을 되찾은 마음 한 자락
새소리 청아하게 맘속의
징을 울리는 건
너 속에 초록의 피톤치드 내뿜는
숲이 있다는 이야기
새 울음 팔랑팔랑
가슴에 떨어지는 건
비바람에 오래 흔들렸던 가지들
손가락 끝으로 빚은 기타 선율로
고요히 잠재웠다는 것
떨구는 울음 몇 톨
주머니에 담고 가는
너의 마음의 창가에 함께 앉아
해맑게 웃어 보는 아침

매미의 눈물

초가이엉 뜯어내고
풀종다리 울음 묻어나는
볏짚에 듬성듬성 구름 엮은
지붕이 들어앉자
내 물컹거리는 둥지는
대항할 힘도 없이 허물어졌다
향기 잃은 구리는 모서리에
흐르는 삶을 정거하고
다시 수년의 좌선에 종지부 찍는 날,
남루의 허물은 어린 날개로
섰다 보름가웃 짧은 생, 지친
세월 가둔 몸에 돋아난
鳴器가 오래 갈무리한 현악기의
울음 토해낸다
높은 옥타브 솔 음정이 청량하게
지친 숲 흔들어
긴 울음 한 자락
나뭇가지마다 조등을 켠다

소리

울음이 돌 속에 든 깊은

잠을 흔든다

고층까지 기어 올라온 물기

가신 소리 껍질

눈물은 없고 뭉툭한 울음,

소리만 우는 여름 밀어내느라

분주하다 쓰르르 매미의 간절한

울음이 하늘을 쓸며 지나간다

묵필처럼 가늘어진 여운이

긴꼬리 끌며 허공 속으로

함께 빠진다

허공은 소리의 무덤

낚싯바늘에 닿소리 끼워

하늘 속에 드리우니

지근의 동인이 풀어 꿰어 놓은 소리

화들짝 걸려 나온다

공중은 소리의 바다

낚싯바늘은 조롱하듯

소리와 소리 사이를 주무르며
세상을 희화하고 있다

풀빛 판타지아, 경산 아사리 수채화

동구 밖 어귀부터 은은한 선율이 비눗방울처럼 퍼진다
살아 일렁이는 한 폭의 유려한 풍경화
들녘 물들인 복사꽃 향기가 몽유도원도를 몰래 빠져나와
세월과 동떨어진
격세선경隔歲仙境으로 건너가는 길 안내한다
길가에 도열하여 수인사하는 유채꽃
구불구불한 인생길 펴며 따라간다
대곡지, 너울거리는 파장 위로 풀벌레 울음 움돋고
하르르 복사꽃 망울이 터지는 선율과
천상의 하모니를 빚는다
연못 한 켠, 숭고히 피어난 가시연꽃
견뎌온 옹이진 문양 가시로 박혀 있다
시간이 쉬어가는 아사리
못둑에서 팔을 늘어뜨려 지휘하는 실버들 가지
안단테 칸타빌레 천상의 영상 합주가 울려 퍼진다
산방엔 마당 가득 별이 자라고
고단했던 일상이 고삐를 푼다

는개비, 꿈틀대는 수묵화

안개비와 는개비 속에서
남천의 아침은
첩첩산중 비경의 격세지도隔歲地圖에서 걸어 나와
눈부비며 깨어난다

산허리 감아 도는 안개와 는개가
연무처럼 풀어져
한 컷 발묵하는 비경의 수묵화를 그렸다

석정온천을 지나는 희끄무레한
유토피아로 통하는 설레는 다리를 보라
미라보 다리 밑을 걷는 센강처럼
남천으로 건너가는 푸른 강이 꿈틀거린다

순이가 보고 싶어 피고 지는 긴 꽃 다리 너머
키 낮은 사람들이 삼삼오오 모여 사는 곳
집들이 나직하게 다가앉으며
도란도란 정이 익어가는

주름진 덧없는 여름

버드나무는 바람복덕방에 방 한 칸을
내놓았다 태양이 뜨거운 한숨 내뱉자
늦둥이, 눈에 넣어도 아프지 않을
눈엽의 목마름 마중물로 푸른
강물 한 두레박쯤 인출해야겠다고
토파한다 여름이 주름져 깊어지자
주목과 몇몇은 한 달살이를 하러 남극으로
떠났다 덤불 속 둥지에 거미줄이 촘촘히 박혀도
마냥 헐거운 시를 쓰는 까치, 소리 붓으로
그림 그리는 해오라기가 매미를 데리고
구름을 타고 떠나고 나서 세상은 잠시
조용해졌다 여러 군데 붙은 빨간 딱지가
비 새는 방을 처다보고 있다 그 방에 세 들어
살던 동백이 우듬지에서 신발 벗어 놓고 뛰어
내렸다는 소문 돌고 달포 가웃 전 울타리 옆 전입한
나팔꽃은 지근에 사는 흡반의 덩굴손 담쟁이덩굴과
눈맞아 살림을 차렸다 풀잎들은 열매 달면 연리지 나무
로열층으로 이주할 꿈, 팔랑팔랑 바람의 팔짱을

끼고 교태부린다 새벽녘 다녀간 이슬의 발자국
엊저녁 석양을 산책하다 흘려놓은 잔나비의
사색 몇 줌 꽃과 꽃 사이를 흐르는 흰나비의
춤사위가 그녀의 발목을 움켜잡는다
그녀는 물때처럼 밀려오는 여름을 밀어내며
여름 껍질을 상자에 차곡차곡 주워 담고 있다

황금나무 아래서

풀 먹인 듯 팽팽한 공기와 햇살이

노란 물감을 삼킨 황금나무 잎새 흔들어

산란하며 스펙트럼을 연출한다

구름모자를 쓴 오목눈이 한 마리

우듬지에 앉아 명상을 한다

이슬 머금은 황금 이파리는

금방 길어 올린 햇살 타래로 짠

눈부신 드레스를 입고 떠나갈 마지막 채비를 한다

그 여름날의 지독했던 태양의 담금질로

황금으로 몸 바꿔 하르락 꽃비처럼 내려앉는

늦가을 풍경화가 애잔하다

극한 아름다움은 슬픔과 통한다 했던가

삶을 정리하고 떠나야만 하는 순간을

단아하게 맞이하는 널 보면

잎이 푸른 날에 독경을 꽤나 했었나 보다

바람 난 바람이 팔을 끌어당기며 어서 가자고 재촉한다

'잠깐만'

살아온 정인들과 작별도 못 했는데

시간의 허리를 잡고 매달린다

내 몸은 빙그르르 돌며 팔랑거린다

성난 바람은 투덜거리며 가 버리고

나무 위에 달린 황금 브로치 하나 유난히 눈부시다

월복越伏

지구가 공전을 잠시 멈췄다
밑동까지 뜨거워진 한숨을 내쉰다
교신하던 새로 이사 온 별과의
수신호도 잠시 끊었다
그래서 말복은 열흘 미뤄졌다
터질 듯 팽팽하게 달구어진 임계점 지난
인공위성처럼 튕겨 올라 명왕성
옆으로 역회전을 시도하고 싶은 찰나
건물에 세 든 닭들의 눈이 고층 벽
아슬하게 매달린 인부의 헐거운
동아줄 같다
초복初伏이 초복招服하듯 다가온다
간밤 물푸레나무 위로 도주해 웅크리고
앉아 그렁그렁한 눈망울을 푸덕이는
마당새들 날개가 쳐져 있다
오늘 몇몇은 납치되어 옷이 벗겨지고
호사할 더위 사냥감으로 호명되어
재물처럼 사람들의 동굴 속으로 사라졌다

사람들은 입가에 묻은 여름을 닦아내며

나무 위에 달린 별들을 쳐다보며 입맛을

다신다 말복까지 한 달은 버텨야겠다고

닭들은 단단히 마음을 조으며 시든 이슬을

먹는다 바람과 햇살 웅덩이에 빠진 길 잃은

구름을 불러 모은다 별들의 선방으로 지구는

살만해졌다

* 월복 : 통상 10일 간격으로 드는 중복과 말복 사이가 20일 간격으로 드는
일.

운부암 가는 길

운부암 가는 길에
생강꽃이 피고 있다
노루귀 집을 방문하고
눈부비며 일어나는 제비꽃 목소리에
발길 멈추어
둥근 눈빛으로 마음 주고받는
내 문우들과의 산행길은
시의 오솔길로 접어드는
마중물 꺼내는 여정이다

지난해 단풍이 서럽게 물들었던 날
형용 못할 고운 자태로 이상향
연출하던 언덕길이며
세상이 평화로이 졸고 있던 날
입 안 가득 퍼진 다향으로
세사에 지친 먼지 털어내며
도란도란 뿌려놓았던
시의 씨앗을 주우러 간다

이름을 불러 주었을 때

꽃이 되듯

운부암 가는 길은

호명받은 삼라만상이 깨어나

축제하듯 늘 분주하다

일렁이는 산행길

프로스트의 가지 않은 길이다

송백리에 피는 인정

종이 한 장의 두께, 갈망의 크기만큼
무겁게 닦달하던 근무지는 자연의 품으로
발령이 났다
내 생 분의 1시간, 시골에서의 점심시간
길섶 풀 내음 풀어내는 가로수들
즐비하여 환송하고
접혔다 퍼지는 돌무지길 돌아
싸리꽃 피는 송백리 가는 길
장떡 부침에 밀가루 곱게 입힌 풋고추 쪄 놓고
금방 낚은 미꾸라지 추억탕에
샐러드 대신 밭에서 금방 따온 푸성귀로
마음 함께 버무린 점심상
집 떠난 자식 기다리듯 우릴 기다린다
분이 꽉 찬 한 소쿠리 고구마가
엄마를 불러오는 김 오르는 둥근 밥상에
둘러앉아 우리가 먹고 온 건 목메는 情이었지
인정이 술처럼 익어가는 송백리* 마을에
슬그머니 고향의 아슴한 풍경

오버랩되며 내려앉는다

* 경산시 남천면에 있는 마을.

그대에게 가는 길 2

커튼을 드리운 듯

은회색 세상은

삼라만상 모든 것 덮어버리고

그대 얼굴만 동그랗게

알전등처럼 내걸었습니다

타닥타닥

무릎까지 기어오르는

빗소리 장난하듯 차며

그대에게 가는 길은

행복이라는 글자들이

닿소리와 홀소리로 풀어져

난무하며 튀어 오르는 수연水煙 위

꿈틀거리는 윤슬이

풀어 놓은 길입니다

파닥파닥 날갯짓하는 마음 들고

그대 속으로 들어가는 길입니다

연못이 그리는 풍경

밤새 뒤척이다 잠 못 들었던 게다
물거울 틈 사이사이로 신열이 물안개로 피어난다
청둥오리 한 무리 물주름 지으며
유유자적 유영하며 지나가고
소금쟁이 두어마리 빠르게 미끄러지며
주름진 물결을 다림질한다

너울거리는 파장의 각도에 따라 보석을 쏟아놓은 듯
그 잔잔한 물결 위에
물별이 움트는 소리는 은은한 선율을 만든다
베네치아에 흐르는 아리아처럼
하늘의 구름은 물속에 빠져
도란거리는 매화마름의 대화에 귀를 걸어 두고 있다
부지런한 백련과 수련도
이제는 웃으며 굴곡진 시간을 이야기한다
찰칵, 바람이 부드러운 손으로 밀며 풍경을 스캔하며 지
나간다
찰랑거리는 음악이 피어나는 동영상 하나
렌즈에 갇힌다

늦은 상춘

원동에 사는 오랜 친구, 네가 왔다는
전갈받고 널 만날 두근거림에
잠깐 봄을 기웃거렸을 뿐인데

어느 봄날을 다림질하는 햇살이
마음까지 곱게 스며든 날
널 별러 찾아갔더니
쓸쓸한 조등 켜두고 급히 떠나버린 흔적

황량한 파티 급히 끝내고
어쩌다 채 감추지 못한
남루해진 너의 드레스 자락이
강물 위에 서럽다

낙동강 강물은 아무 일
없다는 듯 시치미 떼고 흐르고
기찻길이 강가를 따라나선 곳
향수처럼 기적소리 강물 위를 달리면

흐드러진 매화가 일제히 손 흔들어
시슬레*의 화폭으로 빠져든다

오늘은 그저 여기저기 켜둔 조등 사이로
상춘賞春하는 작은 무리의 사람들과
눈으로만 주고받는 부의賻儀
실의에 빠진 허기진 마음
갓 나온 봄 미나리에 삼겹살 굽는 연기로
꾹꾹 봄을 밀어 넣는다
기차는 또 지나갈 시간이다

* 프랑스의 인상파 풍경화가 강물을 잘 그렸다.

풀씨

이슬이 몰래 다녀간 밭두둑
명상을 마친 맑은 풀잎 위에
굴참나무는 한여름 아팠던 상처를 내려놓는다
아프지 않은 삶, 저물지 않는 삶이 어디 있겠냐고
풀씨는 수도승처럼 보듬어 안는다
아침마다 눈뜨면
풀무치 까칠한 수염이 내 몸을 핥고
햇빛은 잠자리 날개 같은 무늬로
엷게 굴절하며
바람 따라 일어나고 눕던 여름날
풀벌레 울음이 주머니 가득 고여 있다
고라니 산짐승 날카로운 발톱이
할퀴고 찢는 상처 속에도
그 울음 돌처럼 단단해져
이제는 가벼이 고개 들고 일어선 나
꿋꿋하게 마른 고사리처럼
살아온 수도승 풀씨는
먼 들녘에 내리는 황혼을 바라보며
우두커니 풍경으로 서 있었다

와류, 물의 길

어쩌면 평평한 땅에 뿌리 내린 곧은 소나무보다
갯바위 아슬하게 딛고 서서 바람 따라 서걱이는
청솔이고 싶다

물의 삶도 여러 갈래
혼자 가는 길보다
작은 바위틈 낙수에 소용돌이치다
나무 그늘 기대어 맑은소리로
산책 나온 사람들의 귓전을 파고들다가
길이 아니면
가파른 절벽 온몸 던져 뛰어내리며
부서지는 물구슬 속
좌선하듯 얼룩지는 소용돌이가
나의 길인지 몰라

전복

미안하다
싱크대 바닥에 나동그라진 넌
빨대로 있는 힘 다해 바닥을 붙들고
저항하며 바둥거렸지
오늘 너의 꿈을 익사시키다니
서로를 붙들고 떨어지지 않으려는 널
강제로 떼어 놓은 죄
먼바다 꿈꿨던 네 꿈 산산조각 낸 죄
차마 끓는 물에 밀어 넣은 죄까지
내 목숨 부지 위해 널 밀었다만
수전증처럼 내 손은 떨렸었지
작은 치설로
달팽이처럼 다시마에 길을 내며
달빛과 함께 세 들어 살던 조가비 눈물이
빛나는 진주로 박힌
아, 나도 너처럼
아름다운 진주 하나 몸속에 품고 싶다

산방, 산속의 아침

새의 울음소리가

팽팽한 가을 아침을 깨우고 나를 깨운다

산장의 고요에 호수의 파문처럼 떨군 울음소리

그 속에 씨줄과 날줄에 박힌

색소폰 선율 한 자락 돋아난다

온 마당을 파수한 코스모스가

일제히 음악 소리 쪽으로 귀를 쫑긋 열어

무게에 파닥이는 저울추처럼

엇박자로 바람 앞에 출렁인다

기우뚱하게 다가앉은 산을 보면

숲속 오두막집의

축제가 시작되나보다

구름도 나지막이 귀를 열어

눈을 감고 바람의 어깨에 기댄다

고추 대신 가지 대신

텃밭에는

온통 코스모스 웃음뿐이다

파도 소리에 귀를 걸고

저 멀리 삼천포교 밑 바다는
석양으로 붉게 물들었다

땅끝이 바로 여기,
넓은 갯바위 해안선으로 선
생과 사의 경계선에 앉아
어머니 모시 적삼 같이 여울지는 물거품 소리와
콧가에 스치는 비릿한 바다를 마신다
월척의 고기 한 마리
바다 위로 풍경을 그리며
펄쩍 뛰어올랐다 사라진다

수평선 위로 빠르게 바뀌는 추상화,
벌겋게 달아오른 빠진 낙조가
사라질세라 단단히 고삐를 매며
한 잔의 술을 털어 넣는다
고된 일상이 비누 거품처럼 풀어져
바다와 동거하는 하루

고래도 새우도 잠들고

밤새 파도 소리에 귀를 걸고 깊은 잠에 빠졌다

연금된 코로나

구룡포 바다는 아무 일 없다는 듯
오래 연금軟禁된 사람들을 끌어안는다

코로나에 지친 사람들이
마스크를 하고
손바닥으로 하늘 받들고 있는
상징물 앞에서
흘러가는 오늘을 저장하려
찰깍거리며
큰 손가락 사이를 바삐 드나든다

코로나가 족쇄를 채워
마스크에 삶을 기댄 채
지친 일상을 내뿜는 호흡이 바쁘기만 하다

한낮의 작열하는 태양은
출렁대는 바다에 몸을 담갔다가
졸리운 듯 힘없는

한낮의 나른한 음표를

휘청거리며 끌고 다닌다

그 옛날의 늘어진 카세트테이프 추억으로

건너가는 타임슬립

코로나로

모든 삼라만상이 지쳤건만

사람들의 발걸음이

공포의 코로나를 쫓아내고 있었다

쓸쓸한 길

요람에서 흙으로
한 번은 모두 가는 길이다만
견강부회牽强附會하듯 기적을 부르고 싶어
사마귀가 수레바퀴를 막듯 비틀거리는
아버지의 저무는 길을 가로막았다
새우처럼 등을 접은
푸석한 화석 같은 문양이 햇빛에 여울져 서럽다
멀쩡하던 길이 갑자기 길을 잃고
수북하게 자라난 잡풀들을 뜯어
길을 찾으려 온종일 헤맨다
안개비 풀어지는 희미한 길 위를
천 갈래 만 갈래 마음은
망양지탄亡羊之歎 갈 길을 잃어
아버지의 끊어질 듯 이어지는
구절양장의 길이 서러워
하늘을 할퀴며 울었다

제2부

갈치의 꿈

은빛 번쩍이는 드레스 입은 갈치들이
금방 무도회 끝내고
넘지 말아야 할 선 넘어 버렸는가
먼바다 꿈꾸던
유보된 그녀의 꿈이 낚싯대에
걸렸다
얼음 속 급냉시킨 덜커덕거리는 세월
기절한 듯
두 눈 반쯤 감고 있던 그녀
눈물이 구슬로 박혀 있다
아직 부드러운 지느러미 날개처럼 세운 채
꿈틀거리며 하늘로 날아갈 눈치다
늘씬한 가녀린 몸매 그 연약함 감추려고
안으로 안으로만 날카로운 뼈를 키웠다
눈을 깜빡이며 금방이라도 일어날 것 같아
바라보고만 있는데
아, 부르르 젖은 몸 털며 맑은 창 열고
유유히 하늘로 날아오르는 그녀

목련화 피는 마을

그들이 우리 마을에 산다

이웃도 모르고 사는

팍팍한 세상

어느 날 바람 타고

목련화 한 송이

이웃집 우리 마당에

꽃향기를 떨어뜨렸다

불현듯

바람결 돌려 당도한 곳에

눈부신 모습으로

해맑게 웃고 있는 목련꽃 수십 그루

우리는 해종일 벌린 팔뚝 사이를 오가며

너의 향기에 빠져 있었다

꿈속까지 따라온

하얀 그리움

내 마음은 아직 부재중이다

동행, 행복을 쏘아 올리다

저 머얼리
그림 같은 잔디 위
엄지공주만 한 사람들이
꼬물거리며 늘어진 시간을
퍼 담는 모습
천사들이 나들이 나온 듯
시끄러운 세상은 잠시 저 멀리
밀려나 있다
사람들은 몇 톨 떨구어 논
풀여치 울음 경쾌한 음표로 밟으며
고뇌를 떨군 얼굴이다
초록을 밀어내고 해지는 풍경
시나브로 조명등이 꽃피우니
지금까지 보지 못한 신세계
가볍게 코끝 스치는 풀 내음
구름 위를 걷는 발걸음도 가볍다
하늘을 향해 꿈을 쏘아 올리듯
별을 쏘아 올린다
깨고 싶지 않은 푸른 밤이다

유폐된 하루

까무잡잡한 그 사내는 오늘을
계산기에 얹어 두드린다
헐거운 삶을 셈하는 방법은 아득하고
나뭇잎 같은 타인의 생, 그 목마른 두께를 잰다
허기진 날개를 파는
그녀도 저마다 돌아앉아 날개를 세워 떠날 날
더듬거리는 그들을 못 본 체 한다
풀 한 포기의 지는 한숨과
찰랑거리는 봄 햇살의 속살거림을 들을 줄 아는
삼거리 헤어디자이너의 비눗방울 같은 손끝에도
뒷걸음칠 수밖에 없는 봄
신이 내린 직장이라 사람들은 비소를 던지지만
빛이 살지 못하는 동굴
소리치는 시간들의 무덤 속에
제 흥에 넘어가는 시의 비늘을 묻고
가시 돋친 언어를 묻었다
내 마음속 오랜 정원에 황사 바람이 불어
비틀거리는 오후

풍란

사천만분의 1, 구경 320밀리미터
비뚤어진 지구 위를 거꾸로 비켜서서
티끌보다 가벼워진 나를 읽고 있다

허허로운 발코니 한 귀퉁이에
발을 허공에 기댄 풍란이
고개 빼들어 창 안 풍경 읽고 있다

창을 사이에 두고
흔들거리다 교차하는 두 시선이 얽히며
서로의 맨발 맞대고 있는 사이
몸이 쏙처럼 가벼워진다

헬렌 켈러, 삼일만 볼 수 있다면

삼일만 볼 수 있다면
영혼의 눈을 뜨게 해준
선생님을 오래 보고 싶다던 헬렌 켈러가
보지도 듣지도 못하는 질긴 질곡 넘어
소리를 만져 발성법을 익히던 그녀를 보면
저 코끼리가 둔탁한 손으로
꽃을 문 자화상을 그리는 걸 보면
창밖에서 창문 틈 사이를 벌려
고개를 쏘옥 내민 매화꽃 입술이
왜 달막거리는지 보인다
얼마나 고달프게 매화입술 같은 독순법 배우고
손끝으로 흐르는 글자를 감지하는
해독되지 않는 기호를 반복하여
닿을 수 없는 넓은 강을 유영했을까
일생에 한 번 울고 가시에 찔려 죽는 가시나무새와
벼랑 끝 바위틈에 뿌리내린 기린초처럼

마음의 섬

가을이 머뭇거리다 깃든 동촌

오랜 생이 눌어붙은 골목길

바람은 엷은 잠자리 날개를 닮은 외투 자락이

해안선을 닮은 모퉁이에 걸려

발목을 잡는다고 투정거린다

그가 쌤통을 부리기 전에

무너뜨리고 새로 짓느라 인부들의

손길은 모처럼 부산해졌다

하늘을 파먹으며 무리 지어 나는 산새 떼

건축공법 중에는 신비롭고 유기적인 그들이

벤치마킹이라도 하고 싶은지 눈을 깜박이며

낮은 비행을 하고 있다

언젠가부터 마음의 섬 리모델링하려고

별이 움트는 번지수 찾고 있다

머리꼭지에 있는지

우리의 생을 닦달하는 자루 속에 있는지

아무리 찾아봐도 만져 볼 수가 없다

아마도 심장 속 허방 모옥에 전세 들어 있겠지

하트 모양으로 지을까 별 모양으로 만들까

생각의 꼬리가 낙엽처럼 떨어져 쌓인다

스위치 누르면 지붕이 열려 밤이면 별이 쏟아지는

눈이 내릴 듯한 샤갈 마을의

통유리로 된 마음 집 하나

이 가을에 짓고 싶다

희화戲畵처럼 그려놓은 세월의 무늬 결

뒤꼬인 분홍색 바람이 일던 날 너에게 질러가던 논둑길
에메랄드빛 장미가 박제처럼 박힌 앙상블 흰 드레스 위로
놀란 개구리 울음소리가 발끝에 챈다
세상이 그림을 그리지 않은 순백의 흰 구름을 입고
양떼구름 속에 빠져 함께 꿈을 퍼 올리던 시절
가슴이 부풀었다고 했지

무심한 세월은 깍지 발로 뛰어가 버리고 이제 그녀는
하늘 한 귀퉁이를 뭉텅 잘라 천사의 솜 바늘로 재봉한
드레스 입고 치마 가득 심심한 별을 따 모았지
너는 갈맷빛 하늘을 바라보는 것만으로 가슴 두근거린다
고 했었지
조금씩 희화戲畵처럼 그려놓은 세월의 무늬 결에 세상은
미안한 듯
헛기침하며 돌아앉았지

희뿌연 는개 속에 산란되는 나무들이 빼곡히 서서 키 재
고 있는

돌무지 위를

세상이 그려놓은 넘을 수 없는 선 망연히 바라보며

가야 할 길 몰라 서성대고 있었지

월드컵 경기장에서

눈도 손도 발도 없는 나를
가질세라 온몸 올인하는 각축장
삶을 통째로 던져 미칠 수 있다는 것은
얼마나 향기로운가
적어도 이곳에선 내가 세상의 원심력이다
수천만의 별들이 내게로 쏟아져
내 몸은 달구어져 있다
수천 갈래 나를 따라다니는 빛들은
높은 주파수의 함성으로 자라나다가
소리는 소리와 손잡고 파도타기를 한다
세상사 물욕 흐려진 눈들이
모든 욕심 놓아버리고
오로지 나를 향해 부르짖고 웃는 모습이
시골길 담 넝쿨 뒹굴다 수줍게 고개 내민
박꽃같이 환하다
하나 된 함성이 둘이 아닌 환희의 물결로
엑스터시하게 자라나는

적멸

꽉 차 있음은 비어 있다는 것이다

그대, 너무 채우려고 하지 마라

보라, 그렇게 뜨겁던 열기도 금방 식지 않았더냐

비어 있음은 편안함이다

빈 눈으로 보면 세상이 보인다

보이지 않던 것들이 눈 부비며 일어난다

하나둘 사람들은 썰물처럼 빠져나가고

덩그러니 네 빈자리는 자라 큰 성이 된다

소리도 자라나지 않는 적멸

나의 큰 적멸 한가운데

푸른 달을 키운다

팔공산, 설국에 올라

유년 시절 단짝친구와
실크로드
팔공산 동봉을 오른다
타임머신을 타고
아롱지는 오솔길로 빠져들어 간다

가끔 부드러운 보석 품은 바람이
푸른 댓잎을 사각사각 흔들며
유년으로 돌아간 우리들의 얘기에
몰래 귀 열어 듣는다

꿈 많은 중학 시절 공붓벌레처럼
밤을 지새웠던 우리
밤이나 낮이나 서로를 경쟁하다가
반쪽처럼 굳어졌던 우리 사이
너울거리는 영상 속에서 파닥거린다

졸가리 빈 가지마다 눈 소복이 매달고

즐거운 듯 장난을 걸어온다

눈 뭉치를 철퍼덕 얼굴에 던지기도 하고

미끄럼을 태우기도 한다

40년을 훌쩍 넘겨버린 무게 속에서도

퇴색할 줄 모르는 우정

허공에 뿌리 내린 풍란처럼

꼿꼿한 정신 하나는

여지껏 남아 꿈틀거리고 있었다

보랏빛 엽서, 봄까치꽃이 써 보낸

마른기침하며
겨우내 참아왔던 그리움
터뜨렸건만
세상은 텅 비어 아무도 없다고
봄까치꽃은 투덜거린다

팬데믹의 코로나가
꽁꽁 가둬버린 세상은
이웃 간 정을
춘래불사춘春來不似春
격세지생隔世之生
아픈 언어들 이간질하듯
퍼뜨렸다

오솔길, 문득 인적 들리면
무서운 들짐승 만난 듯
움츠러들고
머얼리 졸고 있는 시가지는

서민들의 탄식 소리만 굴러다닌다

산허리 내려오는 길섶
살랑거리며 따라온
봄까치꽃 보랏빛 엽서 한 장
하늘하늘 복제되는 엽서를
아픈 이웃들에게 퍼 나르고 있었다

버들못의 회상

한 무리 기러기 떼 하늘을 파먹으며
도천산 자락을 배회하고
산문 아래 못둑가에는 한 장군의 넋이
이팝꽃 속에서 일렁이다
물비늘에 감기며 비친다
그는 몸채만 한 꽃관으로
유인한 왜적의 무리를 찔러
내 푸른 늪 속에 가두었다
피비린내 숨통을 조여왔지만
비 내리고 내 몸 부풀어
조금씩 그 기억을 흘러보냈다
해마다 이맘때,
이팝꽃이 허옇게 소리치는 날에는
승전을 새기는 축제가 열리나니
하늘과 구름과 바람과 눈 부신 햇살과
나르는 저 기러기 떼에게
풀잎 초청장을 띄워 보내야겠다

자화상, 일몰에 서서

말없이 침묵 속으로 저물어 가는
저녁 강가에
왜가리 한 마리 앉아
물거울 속 자화상을 들여다본다

하루의 지친 일과를 끝내고
안온한 쉼표의 세계로 건너가는 둔덕길
해거름이 그리는 풍경 속
워낭 소리 끌고 가는 농부의
석양 속 실루엣

물끄러미 왜가리 한 마리
좌선에 들었다

제3부

바다가 눕는 언덕

허구한 날 투명한 반죽처럼 뭉쳐 물머리가 몸을 움직일 기미를 감지하지 않으면 살아갈 수 없어요 진폭이 오기 전의 그 숨 가쁜 시간을 촉감에 앞선 영감으로 보내오면 물뼈처럼 부러진 의지가 마지못해 그 모스부호를 읽고 함께 대응해야만 도태되지 않는 지친 삶의 방정식에 진절머리도 났어요

어쩌다 바람난 구름이 무등 태워 꽃섬을 부추기지만 내 빈자리 뒤로는 물렁거리는 신호가 미세한 음폭으로 잦아들다가 비린 물거울을 깨어 물너울 지는 파동처럼 괴이한 수신호로 반란을 일으키겠지요 그래요 차라리 그게 좋겠어요 요즘 세상에는 햇빛도 물기둥 쪽으로 골라 깃드는 것 같아요 겉으론 평온을 가장한 채 세상은 푸르게 멍이 들었잖아요 거대한 세상의 발이 절름발이어서 낮은 곳에 생이 가까스로 그 편차를 지탱하고 있다는 것을 왜 모르겠어요 차라리 끈적거리는 부호들을 유폐시키고 바다가 보이는 언덕에 누워 한숨 잘까 해요

내가 누워 사보타주를 놓고 있는 사이 끊어 놓은 물결처럼 부서진 물결의 자리가 뒤바뀌어 햇빛도 음지에 서식하는 꼴을 좀 보고 싶을 뿐이에요

밑에 관한 단상

사람들은 밑을 좋아하지 않는다

밑이 든든해야 높이 자랄 수 있고

관능의 원천은 그 속에서 꿈틀대는 것을

그러나 차오르면 설 수 없기에

모든 밑은 비어 있다

퇴근길 자리보아

신암동 평화시장 닭똥집 골목에서

화려하게 치장한 모래집을 술안주로 앉혀 놓고

지친 하루를 접는 밤

남루 위에 잔뜩 멋 부린 모자를 쓰고

시린 어깨에 날개 같은 숄을 매달아

한 잔의 소주를 털어 넣는다

꿈꾸던 그 새는 어디로 날아갔을까

한잔 소주로 날개를 단다

혼자 떠나는 여행

오래 닫혀 있던 새장을 탈출했다
녹슨 철창문은 세월을 견디지 못하고
쉽게 열렸다

끈에 묶인 어린 코끼리가
발톱이 자라고 몸집이 산처럼 커져도
그 여린 끈 끊지 못하는 것처럼
사람들은 낡은 선 속에 갇혀
낯선 선 밖의 삶을
포기하는 법에 익숙해져 있다

키키*처럼 날았다
꼭두새벽, 잠에 취한 적막한 공기가
나른한 하네다공항을 몰래 늘어뜨리며
두근거리는 가방을 노숙자처럼 눕혔다
시멘트 바닥에서
시린 세상 냄새가 등줄기를 타고 올라온다

어디로 가야 할지 막막하다
마녀배달부 키키가
빗자루를 타고 오하요— 지나간다
좋아하던 미야자키 하야오가
흔들리는 도쿄 타워 위에서 어른거리고
오다이바 해변이 손짓해 부른다

첫차를 타려면
두어 시간은 기다려야 한다
시나가와에서 JR선을 갈아타고
신주쿠로 향했다

밤의 끈적한 향연을 보낸 신주쿠의 속살은
비릿한 멍게 냄새가 났다
환락의 잔치가 끝나버린 후 휑한 거리들
쾌락에 젖은 밤의 요정들로
거리가 온통 젖어 있다

선 밖에 깨금발로

바라보는 선 안의 삶

그래도 다정한 밥상이 기다리는

우리 집 불 켜진 창이 그립다

* 미야자키 하야오 〈마녀배달부 키키〉의 주인공.

피렌체, 두오모 성당의 종소리

그대, 그림 같은 집이라는 얘기를 알지
그날 저녁이 내릴 무렵 고즈넉이 두근거리는 풍경을
내 마음속에 잠재우기는 아직도
그 전율의 여린 떨림이 온 세포를 흔들고 있었어

세계 최고의 러브스토리라 장담하는
'냉정과 열정 사이'라는 소설 속 주인공들의
애절한 사랑 찾아 떠나본 피렌체 두오모 성당에는
한 마리 비둘기가 구구구 종소리를 쫓고 있었지

10년 후에 만나자는 그 약속
종탑 옆 기둥에 기대어 시간은 두근거리고
서로 마음속 깊은 방에 살던, 현실이 갈라놓은
가슴 아픈 순애보가 흐른다

두오모 성당 종탑에 여울진 사랑의 흔적
발소리가 북적거리는 종소리에 걸린다
종소리 뎅그렁뎅그렁 울리니
기다렸던 비둘기 곡음이 터지고 만다

베네치아에는 G선상의 아리아가 강물 따라 흐른다

물 위에서 사는 사람들, 베네치아에는

수상택시를 타고 수상버스를 타고 수상 쓰레기차가

쓰레기를 수거하느라 바쁘게 움직인다

그 수려한 그림 속 삶에도

어쩔 수 없이 삶의 찌꺼기는 남는가 보다

소녀처럼 해맑기만 하던 한때

시인은 샹젤리제 두근거리는 정원에서

하늘 품은 이슬만 먹고 살아

발효된 것이 빛나는 시인 줄 생각한 적이 있었지

시인의 영혼이 잦아내는 스펙트럼

그 화려한 색깔 너머의 세상은

어두운 삼원색이 이끄는 습한 곳이었지

직관 너머 창가에 피는 사유는

예술의 도시에서 미켈란젤로 또는

짧은 생애를 고뇌한 바이런을 보며 알았다

파도에 흔들리는 나뭇잎 배 곤돌라를 타고

그네들이 불러주는 칸타타를 들으며

저녁놀로 물든 아드리아해를 노닌다

수상에 집을 짓고 물 위를 사는 그들의 삶

한 폭의 그림 속에 아리아가 흐른다

낙조가 그리는 수채화
— 오스트리아 그라츠로 가는 여정

아침부터 축제를 예견하듯 수연이 피었다
마른하늘은 심사가 뒤틀렸는지
비를 뿌려대기도 했다

비엔나에서 유네스코가 인정한 동화 같은 도시
그라츠로 건너가는 설레는 여정
일생 통해 손꼽아 볼 수 있는
석양이 그리는 저 향연

생의 축소판 저무는 하루가 길게 참았던
그리움 토해내듯 지상의
마지막 행위 예술을 한다

군데군데 옹이처럼 박혀 배경이 된
먹구름은 숨 가쁘게, 바르게 달려 온
생의 생채기다
하고 싶지 않은 것도 해낸 눈부신
삶의 훈장이다

모진 바람 이겨낸 등 굽은 소나무가
미美를 더하듯
너를 위해 나를 내어주는 삶의 문양이 저토록
숨이 멎는 그림을 그려낼 수 있다는 걸 알았다

언젠가
우리들이 맞아야 할 황혼 녘
멍든 먹구름의 화려한 버라이어티처럼
누군가의 아름다운 배경이 되는
이야기가 있는 소박한 그림 하나 그리고 싶다

블레드 호수*가 보이는 호텔에서

기암절벽 위 어둠 속 홀로

잠 못 드는 황홀한 크리스털 성곽

안온한 고향 집 불 켜진 창처럼

마음 끌어당기는 저 불빛

밤새 블레드 호수를 내려다보고 있다

물거울에 투영된

눈부신 성을 안고

말 없는 호수도 밤새

뒤척이는 눈치다

촛불을 들고 호숫가 도열한

지친 불빛이 졸리는 듯

일렁이는 새벽녘

가만히 보니 갈 길 잊어버리고

달마저 풍덩 빠져 있는 그림 같은 풍경과

하나 된

호수가 내려다보이는 발코니에서

또 하나 잠 못 이루는 시심詩心

* 슬로베니아에 있는 블레드 성이 있는 아름다운 호수.

원효대사, 무애가無碍歌 앞에 서서

가을을 떠나는 낙엽들의 편지인 양
오색 꽃무늬 수놓은 양탄자를 깔아
여인의 허리처럼 끊어질 듯 이어지는
무작정 걷고 싶은 향토길
경산 삼성현박물관 뒷산 청솔이 늘어선
둘레길을 걷다가
무애가無碍歌를 부르며 무애춤을 추는
원효스님을 만났다

'일체의 구속됨이 없는 사람은
한길로 죽고 사는 것을 벗어난다'는
일체무애인一切無礙人, 일도출생사一道出生死
대방광불 화엄경華嚴經의 문구가
마음속에 브로치로 박히는 청아한 아침

고요를 가르는 유리딱새의 맑은 울음이
청청한 솔가지 끝에 걸려 있다가
무애라는 화두를 깨닫지 못하고

비틀거리며 살아온 내 삶의 뒤안길에 투둑 떨어진다

원효대사의 당나라 유학길 동굴에서
깨달음을 마신 촉루수髑髏水처럼
막힘이 없다는 무애의 도를
삼성현 공원의 수런거리는 숲길에서 만났다
마음정원에 햇빛 한 자락 설레며 일렁인다

삼성현 공원의 익어가는 가을 이야기

가을 속으로 빠진 삼성현 공원은 초입부터 돌무더기 사이사이로 얼굴 내민 코스모스의 가녀린 하늘거림은 파란 하늘 향한 그리움의 흔적이다 길가를 따라 도열한 화살나무의 핏빛 이파리 바람 따라 먼저 고개를 숙이고 술렁이며 가을에 드는 억새 군단 속에서 사람들의 마음은 모두가 찰깍찰깍 시를 줍고 있다 노랗고 하얀 국화꽃과 맥문동에 햇빛이 산란되어 반짝이다가 물감으로 질펀히 묻어나올 것 같은 촉촉함으로 터질 듯 떨리는 볼이 바람결에 일렁이며 새살거린다 사랑앓이로 온몸을 불태운 빛 고운 단풍나무온몸으로 시를 쓰는 까닭은 저편 연못 안에 섬으로 선 도도한 소나무를 연모한 탓일까 두고 온 몽돌과 석양의 아름다움을 오래 보기 위해 조금씩 뒷걸음질 하는 어린 왕자를 연모했던 반 평 내 마음의 정원에도 단풍 꽃물 들었다 꽃보다 고운 단풍잎 하나 젖은 눈을 글썽이며 와락 날아 앉는다

공즉시색

줄다리기 속에서 사랑은 익어가듯
변화무쌍한 오묘한 너의 맘을
알지 못해
애태우며 함께 하는 시간

공에 빠져 애를 끓이는 내게
오래 알고 지낸 시인은
공즉시색, 색즉시공이라는
센 공을 날렸다

오감으로 느껴서
 있다고 여겨지는 것이 없는 것
없다고 여겨지는 것이 있는 것
공空과 씨름하며
울고 웃는 공球
저만치 웃고 우는 삶

유리창을 닦다가

유리창 너머 세상은
어지러운 세사 감추고
초연하고 의연하다

굽어보면
납작 엎드린 세상사
평온해 보인다만
금방이라도 울음 터뜨릴 듯
힘들고 덜커덕거리는
우리의 삶은 진행 중이다

다람쥐 쳇바퀴 돌리듯 돌던 하루
횅하니 조명 꺼진 무대처럼
어느덧 찾아와 버린
은퇴한 내 삶이
시간을 벗어난 시곗바늘처럼
함께 비틀거린다

위로 처다보니
그저 경전 같은
마알간 하늘이
물끄러미 웃으며
내려다보고 있다

유리창을 닦다가
흰 구름 듬성듬성 섞인
맑은 하늘을 닦는다
경전을 읽듯
나를 닦는다

가을비, 연서戀書

가을을 알리는 전령처럼

이슬비가

가을가을하며 내린다

유리창에 다섯 줄

사선을 긋는 걸 보니

그대와 웃음 짓던 들녘 바람도

데리고 왔나보다

유리창 오선 위에

부드러운 음표를 매달며

'그리워 나도 몰래 발이 머물고'

사각사각 걸어온다

'동그라미 그리려다 무심코 그린 얼굴'

창을 두드리며 달려온다

격정을 못 이겨 끊어지는 가야금 곡조처럼

애절하게 흐느적흐느적 온다

꿈속에나 그리는 그대 얼굴

오버랩하며

가슴 속에 내린다

고운 엽서에 그대 마음 받아써서

햇볕 잘 드는 마음정원에 묻는다

'그리움의 꽃씨'라 적으며

길 위를 살다

영상 36도의 살인적 더위다
정년퇴직 후의 한정적 일자리
안이 아닌 밖의 삶이다
펜이 아닌 발로 뛰는 삶이다
낮은 곳에서 뜨거움을 온몸으로
버티며 사는 사람들의
생과 고뇌를 피상적으로 훑는다
퇴직 후 좌표를 잃은 조각배같이
부유하며
길 위를 두근거리며 맨발로 걷고 있다
길 위를 살아도
밤이면 환한 달맞이꽃은 핀다

기억의 삽화, 빗소리에 저장된

맘속 깊은 정원에서 꺼낸

비 내리는 소리 몇 파장

맑은 유리병에 담아

창가에 두었더니

해종일 그대 생각

사르륵사르륵

비가 내린다

우경雨景

속닥속닥 비가 내린다

동그라미 그리며

살포시 퍼지는 파문 속에

시끄러운 세상은 목욕을 마치고

해맑은 속살에 구르는 싱그러운 물기를 턴다

타닥타닥 자글거리며 파전 굽는 소리 같은

비가 오는 소리

소리의 음파를 접으며

오래 묵은 친구를 부른다

그리움을 끓인다.

달아나는 증기 물방울을 타고

온방 가득 퍼지는 커피 향

찰깍 우경을 가둔 통유리창 위로 주룩주룩

흘러내리는 흑백의 추억

창가에 한 컷 한 컷 천천히 머뭇거리며 지나간다

비 오는 날에는 추억이 잘 보인다

제4부

봄날

사람들은 동그라미 하나씩 빚으면서 살고 있다
둥근 식탁과 저 붉은 무덤이 맞닿아
가둔 만큼의 바람과 햇살을 향유한다는 것을
장지葬地에서 보았다

안개 속에는 수많은 소리들이 웅성대고 있다
세상 끝 어슴푸레 내려다보이는 길섶
허연 소금꽃 같은 아버지 비틀거리며 걸어가신다
허공에 기대어 땅 밀쳐내던 마지막 잎새의 젖은 눈과 마
주친다
파랑에 지친 빈 바랑 내려놓고
돌아가 쉴 곳 두리번거린다

바스락 소리 낼 것 같은 굽어진 허리
햇살은 더 큰 햇살 속으로 숨어 버리고
움켜쥐어 봐도 바람만 가득
담긴 손이 힘없이 떨린다
굽어 보이지 않던 날들이 일제히 고개 디민다

생과 사의 문지방 너머

개나리꽃 노랗게 웃고 있다

별유천지別有天地

— 家族墓地造成 獻詩

바람이 쉬어가고

비단 구름 머무는 곳

쌍용계곡 벽계수에 달빛은 녹아

은빛 찰랑대는 물별이 뜨면

청아한 물소리 베고 누우시어

이젠 편히 쉬소서

조의조식粗衣粗食 이지러진 초가草家에서

척박한 땅 맨손으로 일구시어

올망졸망 감자알 같던 자식 위해

촛농처럼 살다 가신 할아버이

한 평 누울 곳 없어 산지사방 흩어져

풀벌레 울음소리만 자라나던 묘역에서

불철주야 자손 걱정 하늘에 닿아

이제야 도원경에 함께하게 되셨나니

병풍 같은 도장산 자락 노을은 걸려

포르릉 날아온 원앙 한 자웅

둥지 트는 우듬지에

슬그머니 손 내미는 청솔과 벗하며

영겁을 누리소서

* 문경시 농암면 내서리 다락골 가족 묘지에 시비詩碑로 세우다.

환생, 영겁을 누리소서

― 시부모님 추모시

세상에 두고 온 것들 못내 눈에 밟혔던가
무거운 바람 견딘 흔적 봉분은 젖어 있다
허허로운 외로움 둘 있으면 다정인가
나긋한 두 봉분이 이만치 다가앉고
지나가던 새 두 마리 슬며시 내려와
도란거리고 있다

삽작 밖, 외로운 묘역에서
까치발로 지켜보던 어린 자식들
아프지나 않을까 노심초사
눈물로 빈집 홀로 지키며
굽어진 허리 든든한 언덕이 된 아버지
세상 사람 부러울 4남매 키워냈다

빛 튕기는 여린 꽃잎 하나
고이 따서 품으니
선홍색 그리움으로 번지는 어버이,
이젠 근심걱정 모두 내려놓으시고

무릉도원 거닐며 영겁을 누리소서

* 문경시 농암면 율수리에 시부모 묘역 시비詩碑로 세우다.

아버지의 뜨락

십수 년 마음으로 가꾸어 오던 마당가 작은 꽃밭

국화 금잔화 부레옥잠 구절초가

추운 듯 기침하며

조락 준비하는 아버지의 차가운 방을

목 빼내어 올려다본다

억척스런 담쟁이덩굴도 기어올라

아버지의 쓸쓸한 창을 비집고 열어

한 조각의 하늘을 꾹꾹 밀어 넣는다

아버지는 늘 혼자였다

올망졸망 감자알 같은 어린 새들의

허기진 배를 채우기 위해

울퉁불퉁 돌무지 길을 발이 부르트도록 다녀

벌어 온 건 고작 보리쌀 몇 줌

터덜거리는 먼지 길을 붙잡고

얼마나 아버지의 닳은 신발은 외로웠을까

아버지의 방에 걸린 작은 중절모 하나가 힘없이 웃는다

그 허허로운 모자를 쓰고

아버지의 낡은 구두를 신고

아버지가 걸어온 오솔길로 들어가 본다

척박한 바위틈에 바람에 꺾이며 자라난 단풍나무 한그루

아버지의 삶인 양 뚝뚝 붉은 눈물 내려놓으며

손사래 치고 있다

아버지는 억세게 걸어왔던 그 가시밭길에

촘촘히 박힌 별들을 주으며 조용히 되돌아 걷고 있다

시린 아버지의 뜨락

비 오는 날 추억은 잘 보인다

부드럽게, 안단테로
음표들이 떨어진다
높은 음정의 음표는
비틀거리다가
추억을 훅 뱉아낸다
영주에 가면,
고향 지키는 노모처럼
청춘을 지키던 무아음악다방이 있었다
지금 생각하니 무아로 가는
영혼의 쉼터,
퇴근 후면 늘 찾던
깊은 산 속 옹달샘 같은 그곳,
푹신한 소파에 하루치 피곤을 풀어두고
소리의 바다 속을 유영하던
젊은 날들의 서걱거리는 고뇌
아슴하게 떠오른다
지금은 웃음거리밖에 안 되는 가벼움
비와 커피 훈향 사이

마음의 창가에

커튼을 드리운 듯 안온한

비 오시는 날에는

그곳으로 달려가고 싶다

사우나 신발장 앞에서

새벽을 휘젓는 알람음 소리가
곤한 잠결을 파고들어 와 흔들었다
포근한 꿈 꾸던 이불을 용수철처럼 튕기며
낯선 하루의 벽두를 열었다
멈추지 않는 러닝머신 위에서
멈출 수 없는 삶의 고단한 바퀴를 들여다본다
세상에 맞서 지친 거북 등 같은 근육 간신히 풀어지고
사우나로 들어가는 입구,
납골당 아파트 같은 신발장 열쇠를 비틀며
로열층이라는 아득한 생각에
아버지의 방이 문득 떠오른다
한 평 땅 누우실 곳 없어
납골당으로 이사 든 아버지
가족사진, 아끼던 장미, 물망초 엮은 사무적 슬픔이
종소리로 우는 아버지의 싸늘한 방
지금 어디에서 머뭇거리시는지
햇살은 잘 드는지
아버지,
유리창이 자꾸만 흐려집니다

화장장, 여고 시절 창문 너머

회색 날이면
여고 창문으로 내려다보이는
뒷산에 자주 연기가 어른거렸었지
하얀 안개가
화장장의 뭉툭한 슬픈 냄새라는 걸
몇 개의 눈물을 전송하며
우리들은 애써 모르는 척했지
꽃이 피기도 전에
타는 낙엽을 바라보는 시간
불문율처럼 우리는 말을 아꼈지만
창밖에 떨어지는 비가 먼저 울고 있었지

그렇게 바라보던 그곳에
오늘은 아버지를 태웠지
아버지의 영혼이
뜨거워 뜨거워
소리치며
창문이 마구 흔들어 댔지

아버지의 강

아버지는 산이었다
난폭한 바람에도 흔들리지 않고
비틀거리는 잔가지들을 끌어안아
잠재우는 맑은 경전이었다
 있으신 듯 없는 듯 세상사 거르는 필터도 없이
썩은 사과 알처럼 까맣게 속이 타들어 가도
무심하게 돋아난 의혹은 자라
몸속에 아린 옹이 하나 키웠다
그 의혹이 분열 거듭하여
마음 뜨락은 온통 바오바브나무 뿌리로
황폐화되었지만
우리는 뭉툭한 위로와
가벼운 인사를
귓전에 심었다
세상사 귀 막고
별을 심었다

빈집

한 세월을 고단하게 지키던 그를
아버지마저 황급히 떠나 버리고
늙은 은행나무가 홀로 지킨다

그가 세월의 문양을 켜켜이 덧칠해 온 남루가
우리 가족의 존재 증명서
철모르는 누이와 어린 동생들
든든한 날개 달아 세상 속 날려 보내고

아버지는 못 미더워 그들이
훤히 내려다보이는 봉분으로
이사를 하고
매일 저녁 밤 마실 핑계 대고
그들과 함께 주무실지 모른다
가끔 정지문이 삐끄덕 소리를 내며
열리는 걸 보면

어떤 장례식 소묘

삶의 잔치는 끝났다
끝나지 않을 줄 움켜쥐고 살아온
생의 부스러기만 고스란히 남고 혼자 떠났다
숨은 멎었고 남은 온기마저 사라지고
나무토막처럼 뻣뻣한 시신을
깨어나지 못하도록 묶고 또 묶어
땅속에 묻는 날,
세상이 팍팍한 탓인지
장례식 풍경은 눈물마저 말라버렸다.
돌아보면 서러움 한두 줌이라도 있겠거늘
바람만 통곡하듯 세차게 불어댔다
지금 그의 영혼은 무엇을 하고 있을까?
차디찬 흙 속에서 짧았던 삶의 뒤란을 돌아보며
찰나의 소풍을 추억하거나
내려놓을 수 없는 무언가를 아직도 붙들고 있을까
세 삽씩 시토하며 편히 계시라 이불을 덮어주고
슬픈 노잣돈을 꼽아준다
잠시 아득하다

이렇게 모두 버려두고 갈 잠시 빌려 쓰는 물건들
아무도 모르게 나는
곱게 물든 단풍잎 하나
그에게 슬며시 건네주었다 잘 가시라.

찌그러진 도시락

　점심시간을 울리는 벨이 슬픈 곡조로 늘어진다 가난이 대물림 된 부끄러운 도시락의 뚜껑이 주춤거린다 벌레처럼 기어드는 자존심을 뭉개고 까칠한 보리쌀이 거무죽죽 풀죽은 얼굴로 노려보는 무서운 수십 개 눈동자 앞에서 움찔거린다 때로는 종소리 보다 빨리 바깥으로 달려가 물로 배를 채우던 손톱 밑이 늘 까맣던 옆 짝궁 엄마는 돌아오지 않고 따스했던가 아니었던가 흔들리는 기억이 유폐된 구들방에는 젖먹이 동생이 새처럼 작은 풍선자루 같은 위장 하나 채우지 못해 비새는 방 젖은 냉기를 울음이 뒹굴고 있다 어둠에 기대어 알코올에 젖은 무능한 아버지 세상 탓 넋두리 하며 독한 깡술 마시다 놓아버린 빈병들이 술에 취해 굴러다녔다 도시락은 말을 잃어갔고 입을 앙 다물고 통증 다독이며 불 켜진 세상으로 건너가는 사닥다리를 찾아내어 두드려야만 한다 경계의 안쪽과 바깥쪽 불이 켜지고 머릿속에는 받침이 부러진 닿소리 홀소리 미완의 숫자들이 큐브 맞추듯 제자리를 찾아 나선다 정지된 시간 너머에 올이 풀어지듯 환한 길이 손짓을 한다

삶의 차변

별이 뜨는 저녁 강 이불 퍼던 그녀가
말을 걸어왔어요
'웬일이니 운동 안 좋아했잖아'
'철들었네'
'습관을 바꾸기로 했어 운동보다도
널 만나러 많이 올 거야'
칸트가 어김없이 산책 나오면 사람들은
그 시간을 감지하듯
어느 시인은 마당으로 출근한다지만
나는 그녀를 보러 강으로 출근하기로 한다
어중간한 9부 바지가 양말을 버리고
덧버선이 호명되어 오랜 보트가 자기
주인인지 모르고 박대해 벌겋게 불만을 긁어
대는 것 말고는 좋은 밤이었어요
밤새 혼자 내린 비가
물 위를 부엽하는 매화마름 위에
굵은 구슬로 점점이 보석을 박아놓았다
수면 위를 낮게 미끄럼 타는
물새 떼 한 폭의 그림을 연출한다

생불, 최 선생님을 그리며

남은 시간을 세고 있는 어느 원로 시인이
나를 초대했다 늦은 오후,

모래시계처럼 흘러 생을 재촉하는
시간의 잔해에
귀를 걸어 두고
지나온 세월의 궤적 더듬거리며 돌아보는 선생님은
마지막까지 시詩를 붙잡고 놓지 않았다

어느 누가 죽음 앞에 버티고 서서
대죽처럼 맑은 정신으로
한 줄의 의연한 시詩 쓸 수 있을까

한 그루의 사과도 심지 못할 찰나의 시간에
이름 없는 시인 불러
못다 쓴 시詩와 작별하고 싶었을까
바람처럼 지나가는 고별을
아둔한 미물이라 그때는 읽을 수가 없었네

세상의 알던 것들과 말없이 나누는 끈적한 인사

내게 마지막 건네는 하얀 손수건 한 장의 의미와

젖어 있던 눈길을

바람결에 전해 들은 부음訃音으로 비로소 알았다네

알고 보면

길이라고 다 길이 아니다

보이지 않는 풀숲에 숨어 있는 길 하나 눈부시다

시간의 맥박을 움켜쥐고

인정사정없는 오싹한 시간이

나를 초대했다

늦은 오후

남은 시간이 빗물처럼 떨어지는 소리에 귀를 걸어 놓고

흘러가 버린 저축한 시간 더듬거리는 원로 시인과

詩를 안주로 마른 목구멍에 시간을 삼킬 때

푸른 가시가 아로새겨진 시간을 보지 못했네

그 오싹하고 짭짜름한 시간을 마시며

잠시 그 시간 속에 빠져 세상의 시계를

모조리 돌려놓고 싶었다

바람처럼 앉아 있는 선생님을

아, 그때는 알 수가 없었네

그 싸늘한 밥알을 시처럼 씹으며

병원으로 달려갈 생의 본능을 내려놓고

이미 작동을 하나하나 놓아버리는,

삐꺽거리는 로버트의 다리

부축하여 일으켜 세워드리고

눈물로 옮겨 주면서도

마지막 시간이 뚜욱— 낮은 음표를 밀어내며

떨어졌을 때

가시 돋친 시간을 움켜쥐고

태연히 밥알을 삼키던 시인이

생불이었음을 이제야

내 온몸의 세포들이 소리를 치네

상엿집 속의 풍경
— 나라 얼을 살리는 사람들

사람들이 살아가며

추구하는 삶은 다양하다

세상과 동떨어진 이상향의 언덕에

나라 얼을 살리겠다는 사람들이

봄 그늘을 걸치고 모였다

세상의 시계는 그곳에 돌아가지 않았다

삶과 죽음이 맞닿아 있는

상엿집의 꽃상여 옆에 앉아 밥을 먹는다

상여에 묻어나는 죽은 이의 한 점 영혼이

빤히 별을 쳐다보고 있다

무위의 자연을 밟으며

삶의 애환을 구성진 가락으로

풀어내는 명창의 한 서린 창가가

곡비하는 상두꾼의 눈물 없는 울음 같다

오로지 학문 속에서 즐거움을 캐는

도인의 눈빛 닮은 교수의 철학 강의로

목마른 허기 채우고

오롯이 깨어 있는 사람들의

눈빛 속, 마음속을 뒤적거리며

실존의 머뭇거리는 껍질을 벗긴다
세상의 저편, 피안의 언덕에 연어 지느러미 같은
봄바람이 세상을 뒤집어 청소하고 있다

詩에게 묻는다 1

난 아직 너를 몰라
너의 푸른 뜨락에서
말랑말랑한 언어의 무릎을 베고
너의 달콤한 입술이 그리는
유토피아에서 오롯이
질식시켜버린 세월

밤마다 너를 붙잡고
너의 속살을 만져보고 싶어도
천의 얼굴로 뒷걸음치는 저 반란
가만히 들여다보면
더욱 낯설은
읽히지 않는 너의 마음

詩에게 묻는다 2

언제까지 이어지는 걸까
수만 리 하늘과 끝없는 공간
어디까지라도 맞닿을
너를 향한 간절한 그리움

하늘하늘 떨어진 꽃잎 하나
갈 곳 잃어버린 내 어깨 위에
살포시 내려앉는다
그대 향한 내 가슴
푸른 가시밭길이라도
맨발로 달려가는 당신을 향한
이 몹쓸 그리움

압화押花

꽃 지고
가슴 치네
책갈피 속
물기 가신
압화로 남은
섬 하나

소리의 향연, 생의 풍경화

권경아

소리의 향연, 생의 풍경화

권경아

(문학평론가)

1

엄혜숙은 첫 시집 『도문道門』에서 "비움과 버림의 길을 통해 생명의 호흡을 느끼며"(이재훈, 「역전逆轉을 통한 비움의 길 찾기」) 새로운 삶의 풍경을 향하고 있었다. "'도문' 앞에서 서성거리며 자신에게 의미 있는 길을 타진하던 시인은 그릇만큼 비우는 작은 실천적 깨달음 속에서 더 큰 사유의 그릇을 발견하고 있다."는 해설의 글처럼 '비움'을 통해 삶의 풍경을 새롭

게 바라보기 시작하고 있다. 삶의 풍경을 향한 시인의 시적 여정은 두 번째 시집 『파도 소리에 귀를 걸고』에서 소리의 향연으로 채색된 풍경화로 나타난다. 첫 시집에서 비워낸 삶의 풍경은 이번 시집에서 자연의 소리가 가득한 풍경으로 다채롭게 그려지고 있다.

이 시집에서는 비우고 버린 후 얻게 된 마음의 평정은 맑고 청아하게 울리는 '소리'로 채색되고 있다. "詩의 언어를 조탁彫琢하여 깊고 깊은 심연의 바닥을 탐닉하는 예술이다. 화가가 색으로 의미를 만들 듯 詩는 맑은 언어를 길어 그림으로 이미지화하는 사유의 여정이다."(「시인의 말」)라는 시인의 시적 인식은 생의 깊은 심연을 '소리'로 이미지화하여 채색하고 있는 것이다. 이 시집에서 울리는 '소리의 향연'이 '생의 풍경화'인 것은 이러한 이유이다.

2

꼭 차 있음은 비어 있다는 것이다

그대, 너무 채우려고 하지 마라

보라, 그렇게 뜨겁던 열기도 금방 식지 않았더냐

비어 있음은 편안함이다

빈 눈으로 보면 세상이 보인다

보이지 않던 것들이 눈 부비며 일어난다

하나둘 사람들은 썰물처럼 빠져나가고

덩그러니 네 빈자리는 자라 큰 성이 된다

소리도 자라나지 않는 적멸

나의 큰 적멸 한가운데

푸른 달을 키운다

—「적멸」전문

"그렇게 뜨겁던 열기도 금방 식"어 버린다. 무엇인가를 채
우려던 욕망으로 가득할 때는 아무것도 보이지 않는다. 채워
지지 않는 욕망으로 마음은 늘 조급하고 불안하다. 시인은 "너
무 채우려고 하지 마라"고 말하고 있다. "비어 있음은 편안함"
이다. 번뇌를 벗어난 적멸이다.

　빈 눈으로 세상을 보면 "보이지 않던 것들이" 보이기 시작한
다. 하나둘 사람들이 썰물처럼 멀어지고 덩그러니 빈자리가
큰 성처럼 자라나면 보이지 않던 것들이 "눈 부비며 일어"나는
것이다. "빈 눈으로 보면" 비로소 "세상이 보인다". 시인의 "큰
적멸 한가운데" "푸른 달"이 떠오른다. 이 시집은 시인의 적멸
한가운데 떠오른 "푸른 달"이라 할 수 있다.

　"새 소리 참 좋다"

　친구의 환하게 갠 마음이

　전송되어 온다

직송된 새의 여린 날개에 매단

평온을 되찾은 마음 한 자락

새소리 청아하게 맘속의

징을 울리는 건

너 속에 초록의 피톤치드 내뿜는

숲이 있다는 이야기

새 울음 팔랑팔랑

가슴에 떨어지는 건

비바람에 오래 흔들렸던 가지들

손가락 끝으로 빚은 기타 선율로

고요히 잠재웠다는 것

떨구는 울음 몇 톨

주머니에 담고 가는

너의 마음의 창가에 함께 앉아

해맑게 웃어 보는 아침

— 「마음 창가에서」 전문

친구의 어지럽던 마음이 평온을 되찾았다는 소식이 전해온
다. "새 소리 참 좋다"라는. "새소리 청아하게 맘속의/ 징을 울
리는 건" 친구의 마음속에 "초록의 피톤치드 내뿜는/ 숲이 있
다는 이야기". 그것은 "비바람에 오래 흔들렸던 가지들"을 "손
가락 끝으로 빚은 기타 선율로/ 고요히 잠재웠다는 것"이다.

어지럽게 오래 흔들렸던 가지들이 이제는 고요해지고 비로소 청아한 새 소리가 들리기 시작했다는 것이다. 시인은 친구의 마음의 창가에 함께 앉아 청아한 새 소리 들으며 해맑게 웃고 있다. 번뇌를 비우고 비로소 들리는 소리, 번뇌를 벗어나 비로소 열리는 세상이다. "초록의 피톤치드 내뿜는/ 숲"에서 청아하게 울리는 "맘속의/ 징", "손가락 끝으로 빚은 기타 선율".

비우고 버린 후 얻게 된 마음의 평정은 이 시집에서 맑고 청아하게 울리는 '소리'로 채색되고 있다. 시인은 "詩의 언어를 彫琢하여" 마음 "깊은 심연의 바닥"을 그려내고 있다. "비바람에 오래 흔들렸던 가지들"은 "떨구는 울음 몇 톨"로 "주머니에 담고" 가는 것이다. 비우고 버린다는 것은 어지러웠던 마음 "고요히 잠재웠다는 것". 시인은 고요한 "마음의 창가"에서 맑은 언어로 아름답고 청아한 '소리'를 그려내고 있다.

3

"누군가의 아름다운 배경이 되는/ 이야기가 있는 소박한 그림 하나 그리고 싶다"(「낙조가 그리는 수채화」)고 시인은 말한다. 마음의 평정을 경험하며 시인은 생의 풍경 속에서 울리는 수많은 '소리'를 듣는다. 시의 언어로 그려내는 '소리의 향연'. 시인의 풍경화 속에 다채로운 '소리의 향연'이 가득하다.

밤새 뒤척이다 잠 못 들었던 게다

물거울 틈 사이사이로 신열이 물안개로 피어난다

청둥오리 한 무리 물주름 지으며

유유자적 유영하며 지나가고

소금쟁이 두어마리 빠르게 미끄러지며

주름진 물결을 다림질한다

너울거리는 파장의 각도에 따라 보석을 쏟아놓은 듯

그 잔잔한 물결 위에

물별이 움트는 소리는 은은한 선율을 만든다

베네치아에 흐르는 아리아처럼

하늘의 구름은 물속에 빠져

도란거리는 매화마름의 대화에 귀를 걸어 두고 있다

부지런한 백련과 수련도

이제는 웃으며 굴곡진 시간을 이야기한다

찰깍, 바람이 부드러운 손으로 밀며 풍경을 스캔하며 지나

간다

찰랑거리는 음악이 피어나는 동영상 하나

렌즈에 갇힌다

—「연못이 그리는 풍경」 전문

이 시에서는 맑고 청아한 언어로 연못의 풍경을 담아내며

한 폭의 아름다운 그림을 그리고 있다. 물거울 틈 사이로 신열처럼 피어나는 물안개. 물주름을 지으며 한 무리의 청둥오리가 한가로이 지나가고, 그 뒤를 따라 소금쟁이 두어 마리는 미끄러지며 주름진 물결을 다시 다림질하고 있다. 너울거리는 물결 위에 보석을 쏟아놓은 듯 물별이 움트는 소리는 은은한 선율을 만든다. 구름마저 도란거리는 매화마름의 대화에 귀를 기울이고, 백련과 수련도 웃으며 굴곡진 시간을 이야기하고 있다.

시인은 연못의 풍경을 스캔하며 언어로 담아냄과 동시에 "음악이 피어나는 동영상"으로 기록하고 있다. 이 시에서 시인은 평화롭고 아름다운 연못의 모습을 "물별이 움트는 소리"가 만들어낸 "은은한 선율"과 "베네치아에 흐르는 아리아"라 말하고 있다. "찰랑거리는 음악"이 피어나는 연못의 풍경을 선명하고 맑은 언어로 담아내며 연못의 청아한 이미지를 그려내고 있다. "맑은 언어를 길어 그림으로 이미지화"하는 시인의 시적 여정이 한 폭의 풍경화로 그려지고 있는 것이다. 별처럼 흐드러진 물별의 반짝이는 소리가 물결을 따라 흘러 하늘의 구름까지 적실 듯하다.

새의 울음소리가
팽팽한 가을 아침을 깨우고 나를 깨운다
산장의 고요에 호수의 파문처럼 뗼군 울음소리

그 속에 씨줄과 날줄에 박힌

색소폰 선율 한 자락 돋아난다

온 마당을 파수한 코스모스가

일제히 음악 소리 쪽으로 귀를 쫑긋 열어

무게에 파닥이는 저울추처럼

엇박자로 바람 앞에 출렁인다

기우뚱하게 다가앉은 산을 보면

숲속 오두막집의

축제가 시작되나보다

구름도 나지막이 귀를 열어

눈을 감고 바람의 어깨에 기댄다

고추 대신 가지 대신

텃밭에는

온통 코스모스 웃음뿐이다

　　　　　　　　 ―「산방, 산속의 아침」 전문

　산방, 산속의 아침은 새의 울음소리로 깨어난다. 새소리는
고요한 산장에 "호수의 파문"처럼 퍼져 씨줄과 날줄로 엮이고
"색소폰 선율 한 자락"으로 돋아난다. 색소폰 선율에 온 마당
에 가득한 코스모스가 귀를 열어 음악 소리에 출렁이고 있다.
"구름도 나지막이 귀를" 기울이고 "숲속 오두막집의/ 축제"가
시작된다. "무게에 파닥이는 저울추처럼/ 엇박자로 바람 앞에

출렁"이는 코스모스. 가을 산속의 아침 풍경은 소리로 깨어나
"코스모스 웃음"을 만들어내는 것이다.

  '소리'에 대한 시인의 섬세한 시선은 시집 곳곳에 퍼져 있다.

     허공은 소리의 무덤

     낚싯바늘에 닿소리 끼워

     하늘 속에 드리우니

     지근의 동인이 풀어 꿰어 놓은 소리

     화들짝 걸려 나온다

     공중은 소리의 바다

     낚싯바늘은 조롱하듯

     소리와 소리 사이를 주무르며

                                  —「소리」 부분

     파도에 흔들리는 나뭇잎 배 곤돌라를 타고

     그네들이 불러주는 칸타타를 들으며

     저녁놀로 물든 아드리아해를 노닌다

     수상에 집을 짓고 물 위를 사는 그들의 삶

     한 폭의 그림 속에 아리아가 흐른다

    —「베네치아에는 G선상의 아리아가 강물 따라 흐른다」

                                       부분

소리만 우는 여름 밀어내느라 분주한 "매미의 간절한/ 울음"이 하늘을 쓸며 지나가는 "허공은 소리의 무덤"이며, 여름을 밀어내는 매미의 소리가 가득한 "공중은 소리의 바다"(「소리」)가 된다. 물 위에서 사는 베네치아 사람들은 "파도에 흔들리는" 곤돌라를 타고 살아간다. 흔들리는 배를 타면서도 "칸타타를 들으며" 아드리아해를 노닌다. 물 위를 사는 그들의 삶은 "한 폭의 그림"이며 그 그림 속에 "G선상의 아리아"(「베네치아에는 G선상의 아리아가 강물 따라 흐른다」)가 흐른다.

두오모 성당 종탑에 여울진 사랑의 혼적
발소리가 북적거리는 종소리에 걸린다
종소리 뎅그렁뎅그렁 울리니
기다렸던 비둘기 곡읍이 터지고 만다
　　　　　　　　—「피렌체, 두오모 성당의 종소리」 부분

타닥타닥 자글거리며 파전 굽는 소리 같은
비가 오는 소리
소리의 음파를 접으며
오래 묵은 친구를 부른다
그리움을 끓인다.
달아나는 증기 물방울을 타고
온방 가득 퍼지는 커피 향

찰깍 우경을 가둔 통유리창 위로 주룩주룩

흘러내리는 흑백의 추억

창가에 한 컷 한 컷 천천히 머뭇거리며 지나간다

비 오는 날에는 추억이 잘 보인다

―「우경雨景」 부분

    또한 시인은 피렌체, 두오모 성당의 종소리에서 "여울진 사랑의 흔적"(「피렌체, 두오모 성당의 종소리」)을 보고 있다. "발소리"와 "종소리"와 "비둘기 곡읍"이 가득하다. "타닥타닥 자글거리며 파전 굽는 소리" 같은 "비가 오는 소리"에서 "창가에 한 컷 한 컷 천천히 머뭇거리며 지나가"(「우경雨景」)는 추억을 보고 있다.

    운부암 가는 길에 피어 있는 "제비꽃 목소리"(「운부암 가는 길」)를 듣고, 정지문 열리는 "삐끄덕 소리"(「빈집」)에서 그리운 아버지를 느끼는 시인의 섬세한 시선.

동구 밖 어귀부터 은은한 선율이 비눗방울처럼 퍼진다

살아 일렁이는 한 폭의 유려한 풍경화

들녘 물들인 복사꽃 향기가 몽유도원도를 몰래 빠져나와

세월과 동떨어진

격세선경隔歲仙境으로 건너가는 길 안내한다

길가에 도열하여 수인사하는 유채꽃

구불구불한 인생길 펴며 따라간다

대곡지, 너울거리는 파장 위로 풀벌레 울음 움돋고

하르르 복사꽃 망울이 터지는 선율과

천상의 하모니를 빚는다

연못 한 켠, 숭고히 피어난 가시연꽃

견뎌온 옹이진 문양 가시로 박혀 있다

시간이 쉬어가는 아사리

못둑에서 팔을 늘어뜨려 지휘하는 실버들 가지

안단테 칸타빌레 천상의 영상 합주가 울려 퍼진다

산방엔 마당 가득 별이 자라고

고단했던 일상이 고삐를 푼다

　　　　　─「풀빛 판타지아, 경산 아사리 수채화」 전문

　경산 아사리의 수채화에서는 '소리의 향연'이 화려한 절정에 이르고 있다. 동구 밖 어귀부터 비눗방울처럼 퍼지는 "은은한 선율"은 그대로 "살아 일렁이는 한 폭의 유려한 풍경화"이다. 들녘에는 "복사꽃 향기"가 가득하고 길가에는 "유채꽃"이 늘어서 있다. "풀벌레 울음"과 "복사꽃 망울이 터지는 선율"은 "천상의 하모니"이다. 연못 한 켠에 숭고하게 피어난 "가시연꽃"은 견뎌온 옹이가 그대로 가시로 박혀 있다. 경산 아사리에 퍼지는 "선율"은 "안단테 칸타빌레 천상의 영상 합주"로 울려 퍼진다.

4

초가이엉 뜯어내고

풀종다리 울음 묻어나는

볏짚에 듬성듬성 구름 엮은

지붕이 들어앉자

내 물컹거리는 둥지는

대항할 힘도 없이 허물어졌다

향기 잃은 구리는 모서리에

흐르는 삶을 정거하고

다시 수년의 좌선에 종지부 찍는 날,

남루의 허물은 여린 날개로

섰다 보름가웃 짧은 생, 지친

세월 가둔 봄에 돋아난

鳴器가 오래 갈무리한 현악기의

울음 토해낸다

높은 옥타브 솔 음정이 청량하게

지친 숲 흔들어

긴 울음 한 자락

나뭇가지마다 조등을 켠다

　　　　　　　　　　　─「매미의 눈물」전문

126

이 '소리의 향연'은 그저 아름다운 생의 울림만을 그리고 있는 것은 아니다. 다양한 생의 순간들이 '소리'를 통해 그려지고 있는 것이다. 이 시에서는 "초가이엉 뜯어내"는 인간들에 의해 매미는 "수년의 좌선에 종지부 찍는 날"을 맞는다. 둥지를 잃어버린 매미는 "鳴器가 오래 갈무리한 현악기의/ 울음"을 토해낸다. "높은 옥타브 솔 음정이 청량하게/ 지친 숲 흔들어/ 긴 울음"을 토해내고 그 "긴 울음 한 자락/ 나뭇가지마다 조등"을 켜고 있다.

엄혜숙 시의 언어는 감각적이다. 오감을 일깨우는 생동감이 있다. 첫 시집의 '비움'을 지나 두 번째 시집 『파도 소리에 귀를 걸고』에서는 하얀 백지 위에 다채로운 감각으로 채색하며 '소리의 향연'을 펼치고 있다. 이것이 시인의 시적 언어가 그려내는 소리의 향연으로 채색된 풍경화이다. ▨

| 엄혜숙 |

1960년 경북 영주 출생. 영남대학교 공학대학원 컴퓨터공학과 석사를 졸업했다. 2003년 『시사사』와 『문학저널』로 등단했으며, 시집으로 『도문』이 있다. 지방행정공무원 출신으로서 재직 당시 행정자치부 주관 전국공무원문예대전에서 시 부문 우수상을 여러 차례 수상한 바 있다. 현재 『시사사』 『경산문학』 『빛그림동인』 『서설』 등에서 활동하고 있다.

이메일 : grium60@hanmail.net

현대시 기획선 074

파도 소리에 귀를 걸고

초판 인쇄 · 2022년 10월 21일
초판 발행 · 2022년 10월 27일
지은이 · 엄혜숙
펴낸이 · 이선희
펴낸곳 · 한국문연
서울 서대문구 증가로 31길 39, 202호
출판등록 1988년 3월 3일 제3-188호
대표전화 302-2717 | 팩스 · 6442-6053
디지털 현대시 www.koreapoem.co.kr
이메일 koreapoem@hanmail.net

ⓒ 엄혜숙 2022
ISBN 978-89-6104-321-2 03810

값 12,000원